Iméni, dix ans, fils d'un tailleur de pierres.
Il ne brille pas par sa bravoure,
et raconterait n'importe quoi
pour se rendre intéressant.

ANTINOYΣ

Antinoüs, dix ans, fils d'un marchand grec
d'olives. Intelligent, c'est le grand ami
d'Iméni, et il réfléchit souvent
pour eux deux.

Cléo, dix ans, orpheline d'un chasseur de lions.
Pour survivre, sa mère a été obligée
de la vendre au patron d'une maison de bière.
Elle adore se moquer des autres,
mais elle n'aime pas qu'on se paie sa tête.

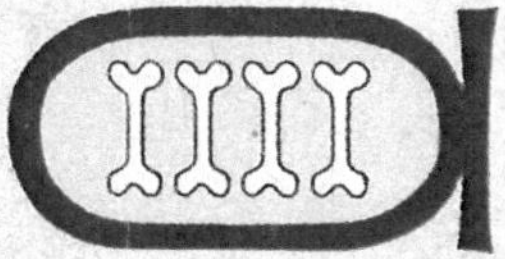

Fenk, petit fennec couleur des sables,
il a été adopté par Antinoüs.
Son plus grand plaisir est de s'accrocher
aux chevilles avec ses dents.

LE SIGNE DU SERPENT

www.editions.flammarion.com

87, quai Panhard et Levassor - 75647 Paris cedex 13
Dépôt légal : juin 2009 – Imprimé en France par IME.
N° d'édition : L.01EJEN000289.N001 – ISBN : 978-2-0812-2417-9
Loi n°49-956 du 16 juillet 1949 sur les publications destinées à la jeunesse.

Alain Surget

Fabrice Parme

LE SIGNE DU SERPENT

CASTOR POCHE

CHAPITRE 1

LA BAGUE DU SERPENT

LE LONG DE LA VALLÉE DU NIL, EN 48 AVANT J.-C.

La vallée du Nil est devenue une vaste étendue d'eau, dont seuls émergent les villages perchés sur des buttes. Les papyrus étant noyés par la crue, des milliers d'oiseaux nichent sur les toits, les transformant en vagues de becs et de pattes, en marée de plumes, en épaisses couches de fiente, dures comme de la pierre, qui font parfois s'écrouler l'armature sous leur poids.

Alors ce sont de grandes envolées soulignées par des cris perçants. La masse va se poser plus loin, sur un autre toit déjà bien occupé, et le fait craquer à son tour...

— Je n'aimerais pas recevoir des blocs de crotte sur la tête, remarque Iméni.

— C'est sûr, convient Cléo. Quoique cela te

ceindrait d'une couronne semblable à celle de la Haute-Égypte. Iméni le roi des… !

— Ça va ! l'interrompt le petit Égyptien comme Antinoüs éclate de rire. Quant à toi, princesse de la vase, apprends donc à marcher sans éclabousser les autres autour de toi !

Depuis une semaine qu'ils ont quitté Thèbes, Cléopâtre, Hotep, les princes et toute l'armée du Sud pataugent dans les eaux boueuses du Nil. Les routes sont inondées, et bien que les soldats empruntent les digues, l'eau leur recouvre les chevilles. Le soir, les troupes sont obligées d'entrer dans le désert pour établir leur campement, ce qui retarde d'autant leur marche vers Alexandrie.

Ce soir-là, des falaises bloquent l'armée dans la vallée, contraignant la charrerie, les fantassins et l'intendance à bivouaquer dans les grottes, sur le glacis des éboulis ou encore dans les chariots enfoncés dans l'eau jusqu'aux essieux. Seuls la reine, Hotep et les princes se sont abrités sur les navires de ravitaillement qui progressent au même rythme que les troupes. Tous les princes ? Non car, le corps enveloppé dans un soush* de couleur sombre, et le visage dissimulé sous un pan du manteau, l'un d'eux discute en secret avec Antar, le chef de l'escorte de Cléopâtre.

— Toi et ta bande, vous me faites plus l'effet de pilleurs de tombeaux que d'honnêtes soldats, dit le prince. Je suis sûr que c'est l'appât du gain et non la fidélité qui vous lie à Cléopâtre.

Antar pousse un grognement en guise de réponse, et il jette un coup d'œil autour de lui pour s'assurer qu'il est à l'abri des oreilles et des regards indiscrets. Déjà, son instinct de voleur l'avertit des intentions de l'autre.

— Il n'est pas du tout certain que Cléopâtre récupère son trône, enchaîne le prince. Sa sœur Arsinoé dispose d'une forte armée, et elle peut compter sur de solides alliés.

— Cléopâtre a l'appui de César.

— César est à Rome. Et toute une mer sépare l'Italie de l'Égypte.

— Que veux-tu ? grogne Antar. Que je trahisse la reine ?

* Rectangle de lin qui fait office de manteau.

— La reine actuelle, c'est Arsinoé ! C'est elle qui dispose des richesses du pays, et non pas celle que tu sers. Arsinoé te paiera ton poids en or s'il arrive malheur à sa sœur. La route est encore longue jusqu'à Alexandrie…

— Tu me demandes de tuer Cléopâtre ! siffle Antar d'une voix offusquée.

— Baisse le ton, triple buse ! Toi et tes quatre crétins pouvez l'approcher en toute facilité, mais serez-vous jugés responsables si un scorpion ou un serpent se glissent sous ses draps en pleine nuit, ou si elle se fait happer par un crocodile en allant se tremper dans le fleuve ?

— Elle appellera à l'aide et…

— Pas si tu l'assommes avant, sombre idiot !

Antar hésite, se dandine d'une jambe sur l'autre, puis lâche :

— C'est très risqué. Même si chaque détail de l'opération est calculé, il peut y avoir des imprévus qui viennent tout dérégler.

— À cinq, vous devez être capables de les maîtriser ou de les éliminer, les imprévus ! s'impatiente le

prince. Voilà de quoi te décider en attendant la solde d'Arsinoé, qui sera toujours supérieure à celle de Cléopâtre! poursuit-il en ouvrant la main du bougre et en y déposant une grosse bague en or.

— C'est un bon début, reconnaît Antar en faisant sauter le bijou dans sa paume. Je crois que je n'aurai aucun mal à obtenir l'adhésion de mes compagnons à ton plan.

Un peu plus tard, Antar, le Tordu, le Balafré, le Chauve et Dents-Cassées montent la garde à proximité du navire sur lequel Cléopâtre a réuni son état-major. Sur un signe de leur chef, les gaillards abandonnent leur poste pour aller s'isoler derrière un groupe de palmiers. En quelques phrases, Antar résume la discussion qu'il a eue avec le prince. Et d'exhiber la bague aux yeux de ses compères.

— Voilà un prince qui sait parler aux hommes ! salive le Chauve. Je suis heureux de le considérer comme mon nouveau maître.

— Qui est ce généreux traître ? demande le Balafré.

— Je ne sais pas, répond Antar. Son soush cachait sa cuirasse et ses insignes, et son visage était voilé. Il a même déguisé sa voix pour que je ne la reconnaisse pas.

— Qu'importe ! frétille le Tordu. Il nous a à ses pieds. Montre-moi cette merveille ! Qu'elle me fasse patienter jusqu'à ce qu'on me verse mon poids en or !

Il saisit la bague, la retourne entre ses doigts mais, maladroit dans son geste, il la laisse tomber dans l'eau.

— Abruti ! Sac de farine ! l'insultent les autres en se frappant le front. Non mais quel... !

Ils s'accroupissent, plongent les bras dans l'eau et fouillent frénétiquement dans la boue. Ils en retirent des cailloux, des dents de crocodile, des tessons de poterie...

— Attention ! jette Dents-Cassées en entendant un froissement d'eau. Quelqu'un approche !

— Ce sont les trois crapauds ! avertit le Balafré en reconnaissant Cléo et les garçons. Fichons le camp ! Nous reviendrons à l'aube, juste avant le départ. L'eau ne sera plus troublée par la vase, et nous y verrons plus clair.

Ils quittent l'îlot de palmiers, adressent un petit signe amical aux enfants puis retournent à leur poste en décochant de grandes claques dans le dos du Tordu.

— Je me demande ce que ces lascars trafiquaient là, s'interroge Antinoüs, son fennec dans les bras.

— Bah, plus ils sont loin de la reine, plus je me sens rassurée, dit Cléo, la tunique retroussée et ses sandales à la main.

— Ils cherchaient peut-être à s'installer dans les arbres pour y passer la nuit, suppose Iméni. Entre babouins... !

— À moins qu'ils aient pris un bain de boue, comme toi, ajoute Antinoüs en s'adressant à la fillette.

— Je ne prends pas un bain de boue, j'évite simplement de salir mes sandales, explique Cléo comme ils passent sous les palmiers. Il est quand même plus facile de laver et de sécher ses pieds que de... aïe!

— Un poisson t'a mordue? s'esclaffe Iméni en voyant tressauter son amie. Voilà ce qui arrive quand on met ses orteils sous le nez de...

— Le voilà, ton poisson, espèce d'âne! réplique-t-elle en sortant de l'eau l'objet sur lequel elle vient de marcher. Ce n'est qu'un vulgaire caillou! Et tu mériterais bien que je te le lance à la tête!

Elle mime le geste, brandissant bien haut sa pierre, quand Antinoüs s'exclame:

— Hé! Il a une drôle de couleur, ton caillou! On dirait une pépite.

Cléo regarde l'objet en fronçant les sourcils, puis elle le trempe dans l'eau pour le nettoyer. Les trois têtes se penchent.

— Une bague en or! souffle le petit Égyptien. Son propriétaire a dû se faire croquer par un crocodile, et c'est tout ce qui reste de lui. C'est un bijou royal. Il y a un serpent ciselé sur le dessus.

— C'est le signe d'un prince, corrige son ami.

C'est une vipère, et non un cobra, qui figure sur la bague.

— Je vais le montrer à ma mère, dit Cléo. Elle a peut-être déjà vu cette bague au doigt d'un des invités du gouverneur, à Thèbes.

— Qu'est-ce que le bijou d'un prince de Thèbes ferait ici ? demande Iméni.

— L'homme a pu l'avoir perdu au cours d'une expédition ou d'une partie de chasse, suppose Antinoüs.

— Nous aurons peut-être droit à une récompense pour l'avoir retrouvé.

— Hum, rumine Cléo en se caressant le menton. Et s'il s'agissait d'autre chose ? Il me semble bien que nos cinq fripons étaient en train de farfouiller dans l'eau. Et si c'était cette bague qu'ils recherchaient ?

— Comment un tel bijou aurait-il pu tomber entre leurs doigts ?

— Je ne sais pas, répond la fillette. Mais nous n'allons plus les lâcher des yeux.

CHAPITRE 2

LA NUIT DE L'EAU

Sous les reflets de la lune, le Nil a pris l'éclat d'une lame de couteau. Les enfants sont installés dans un chariot avec Meret, la mère de Cléo. Celle-ci n'a pas reconnu la bague, et elle dort à présent, enveloppée dans une peau d'antilope. Les soldats ont allumé de petits feux à l'entrée des grottes et sur les rochers afin de tenir éloignés les lions, les hyènes et les chacals. Campées sur des pitons, les sentinelles surveillent la nuit et lancent des appels par intermittence, qui sonnent tels des abois sous les étoiles.

La tête à fleur de ridelle, Cléo, Antinoüs et Iméni épient la bande d'Antar qui monte la garde sur le fleuve, assise dans une bachole – une barque de roseaux –, les pieds trempant dans l'eau. Le Chauve vient de se glisser silencieusement dans le Nil, un poignard entre les dents.

— Tu sais comment opérer ? demande Antar.

— En douceur, répond l'homme. Cléopâtre ne saura même pas ce qui lui arrive.

Il plonge, nage sous la surface en direction du navire où dort la reine, se faufile sous la coque et entreprend d'écarter les virures* de fond au moyen de sa lame. Il remonte plusieurs fois pour respirer puis, lorsque le trou est assez large pour que l'eau s'y engouffre à gros bouillons, il rejoint ses complices.

— On est censés donner l'alerte si on remarque quelque chose d'anormal, rappelle le Tordu.

— Oui, mais on ne remarque rien parce qu'il fait trop nuit, souligne Dents-Cassées.

Ils ricanent d'un air entendu.

— À l'aube, nous constaterons avec horreur que la barge a coulé.

— Même si le contact de l'eau réveille les dormeurs, il sera trop tard pour les sauver, indique Antar. Les autres navires ne pourront pas manœuvrer dans l'obscurité.

* Les planches des bordages.

Contents d'eux, les cinq larrons se prennent à rêver à leur tas d'or, quand des glapissements éclatent dans leur dos.

— Anubis a lâché ses chacals, grogne le Chauve. Ils sont tout près.

— Ça provient de ce chariot, signale Antar en se retournant. Je parie que c'est la bestiole des trois gosses.

— Faut la réduire au silence ! gronde Dents-Cassées. Elle va finir par jeter l'alarme.

Dans le chariot, les enfants tentent de museler leur fennec, mais il leur file entre les doigts chaque fois qu'ils croient le tenir.

— Nous allons nous faire repérer, craint Iméni. Et drôlement punir si Fenk a réveillé la reine !

— Fichez-moi cette bestiole dehors avant qu'elle ne sonne le branle-bas à travers tout le camp ! ordonne Meret, violemment tirée de son sommeil.

— Rendors-toi, maman. Y a quelque chose, dehors, qui a excité Fenk. On va le calmer, promet sa fille.

— Voilà les brutes qui arrivent, avertit Antinoüs.

Maniant la bachole à la rame, Antar et ses acolytes approchent du chariot qui trempe dans l'eau jusqu'aux essieux. Mais avant qu'ils ne parviennent à sa hauteur, des appels fusent de différents endroits. Des questions lancées par les sentinelles. Elles jaillissent du côté de la falaise, d'un îlot rocheux, des autres chariots, des bateaux...

— Cette satanée bestiole a mis les gardes en alerte, peste le Chauve. Ils vont chercher à savoir pourquoi elle jappe.

Un soldat muni de sa lance et de son bouclier surgit de leur gauche en soulevant des éclaboussures.

— C'est le fennec des mioches qui a fait un mauvais rêve, lui signale Dents-Cassées. Il n'y a pas lieu de s'inquiéter.

— Impossible d'aller le noyer maintenant, grommelle le Tordu à voix basse. Trop d'yeux sont braqués sur nous et sur le chariot.

L'explication fait le tour des sentinelles, qui l'acceptent pour vraie. Sur le navire de la reine, la version de Dents-Cassées ne convainc pas, et Hotep enjoint à quelques gardes d'explorer le bateau.

— Je connais cette bête, elle ne glapit jamais sans raison, dit-il à ses hommes. Elle a forcément senti quelque chose. Il ne s'agit peut-être que d'un crocodile ou d'un hippopotame en maraude, mais je veux être sûr qu'aucun danger ne nous menace.

Les soldats s'exécutent. Une torche à la main, ils courent sur la barge, fouillent parmi les sacs et les coffres…

— Hé ! s'exclame l'un d'eux, il y a une fuite à bord ! L'eau atteint déjà le pont !

L'avertissement provoque un début de panique. On abaisse les torches au ras du pont, on découvre des filets d'eau qui suintent à travers les planches, on commence à s'éclabousser en courant partout.

— Les lentilles et les céréales sont mouillées ! constate un homme. Elles vont moisir dans les sacs.

— Que se passe-t-il ? interroge Cléopâtre en sortant de sa cabine. Pourquoi cet affolement et tous ces cris ?

— La barge a dû heurter quelque obstacle au cours de la journée, lui apprend Hotep. L'eau s'est infiltrée par une brèche et envahit le navire.

Il hèle le capitaine et lui ordonne d'aller échouer le bateau au plus près de la rive. Mais le temps que les rameurs s'installent sur les bancs de nage et fixent leurs avirons, le vaisseau s'est enfoncé dans le fleuve jusqu'au plat-bord.

— Nous ne pouvons plus le manœuvrer, se désole le capitaine. Il faut abandonner le navire.

N'écoutant que son courage, il est le premier à sauter par-dessus bord. Happé par le courant, il disparaît aussitôt dans les ombres du Nil.

— Ne vous jetez pas à l'eau comme de jeunes veaux paniqués ! clame Hotep pour retenir l'équipage de suivre son exemple. Cramponnez-vous à l'amarre et suivez-la jusqu'à la rive !

Se retenant à la corde, marins et soldats progressent les uns derrière les autres vers un gros palmier qui sert de point d'amarrage au navire, puis de là, noyés jusqu'à la taille, ils pataugent vers une étroite bande rocheuse qui émerge au pied de la falaise, à l'emplacement de feux de camp. Malheureusement, aspirés par le fort courant, plusieurs lâchent prise et sont entraînés vers l'aval.

— Antar ! crie Hotep, les mains en porte-voix. Viens ici avec ta bachole ! Secoue-toi ! Il faut sauver la reine !

Dents-Cassées rit sous cape.

— Sauver la reine ! Krrr ! Krrr ! Krrr ! S'il savait… !

— Je n'ai pas le choix, maugrée Antar. Les officiers et les soldats accourent pour secourir les naufragés. Il y a même des princes avec eux.

— Celui qui nous paie est venu voir le travail, grince le Balafré entre ses dents.

— Presse-toi ! hurle Hotep. Le bateau coule !

— Prends ton temps ! glisse le Tordu à l'oreille de son chef. Nous gagnons notre poids en or si Cléopâtre se noie. Tout sera à recommencer si elle s'en sort.

— Je… j'arrive ! répond Antar. Il faut d'abord que je débarque mes hommes, sinon nous serons trop nombreux dans…

— Poussez-vous, sacs à foin ! se fâche un homme en bondissant dans la barque et en culbutant ses occupants.

Antar n'a que le temps de reconnaître le prince

Aménès avant de s'affaler dans l'eau. Aménès empoigne la courte rame et, piochant l'eau à grands coups de pale, il se porte au-devant de la reine et de son officier.

Debout dans le chariot, les enfants et Meret assistent au sauvetage de Cléopâtre.

— C'est grâce à Fenk ! déclare Antinoüs. Sans lui, tous se seraient réveillés dans l'eau, et le courant les aurait emportés.

— Une fois de plus, nous avons sauvé notre Pharaonne, s'enorgueillit Cléo. Nous méritons vraiment une place de choix au palais... Quelque chose ne va pas? demande-t-elle à Antinoüs. Tu as l'air bien soucieux.

— Je m'interroge, répond celui-ci. Est-ce vraiment un choc contre la coque qui a ouvert cette voie d'eau? Nos cinq lascars étaient seuls à proximité du navire, et ils ont mis bien du temps à réagir quand le bateau a coulé.

— Tu penses qu'ils ont quelque chose à voir avec le naufrage? s'étrangle Iméni. Mais pourquoi auraient-ils voulu tuer la reine?

— Ce sont des brigands, rappelle Cléo. L'appât de l'or l'emporte sur tout le reste. Quelqu'un a peut-être tenté de les acheter pour éliminer Cléopâtre. La bague trouvée pourrait bien être le prix de leur trahison.

— Reste à découvrir qui est le prince serpent, achève Antinoüs.

— Tous ont l'air de se réjouir pourtant, constate Iméni en entendant les acclamations de joie poussées par l'armée entière.

Non, tous ne se réjouissent pas de savoir Cléopâtre en vie.

— La volonté des dieux était peut-être que Cléopâtre n'arrive jamais à Alexandrie, murmure le gros prince Kharou.

— Sans ce jeune fou d'Aménès, notre expédition prenait fin et nous rentrions à Thèbes, soupire un prince à côté de lui. Je n'ai jamais aimé la guerre, et je me sens mieux sur une chaise que sur un char.

— Plusieurs hommes ont disparu dans les flots, reprend Kharou. Les crocodiles ne vont pas dormir, cette nuit.

— Pour un peu, ils avaient droit à un morceau de choix, termine l'autre.

CHAPITRE 3

LA CITÉ DES SABLES

Des jours ont passé. La grande armée du Sud se trouve à présent à mi-chemin entre Thèbes et Memphis. Hotep a fait sonner les trompettes et marteler les tambours de guerre pour maintenir la cadence des soldats, et pour étaler aux yeux des habitants la toute-puissance de Cléopâtre. Le Nil a envahi une partie de la plaine, obligeant les régiments à se déporter vers l'est, en bordure de la montagne.

— C'est là que le pharaon Akhenaton a fait bâtir sa capitale, la cité du soleil, spécifie Aménès qui conduit son char à la hauteur du chariot des enfants. Il n'en reste plus que des ruines ensevelies sous le sable.

Les regards se perdent dans la direction indiquée par le prince.

— Pourquoi est-il venu se perdre dans ces rochers ? s'enquiert Iméni. Ne pouvait-il pas rester à Thèbes ?

— Akhenaton a imposé une nouvelle religion à un seul dieu, explique Aménès. Les prêtres d'Amon se sont opposés à lui, alors Akhenaton a préféré quitter la ville pour en édifier une nouvelle afin de prier son dieu en toute tranquillité. Après sa mort, le pharaon Toutankhamon puis ses successeurs sont retournés à Thèbes, ont repris l'ancienne religion et ont fait détruire la cité du soleil, qui est devenue la cité du silence.

— Il n'en reste vraiment rien ? demande Cléo.

— Des ombres, répond Aménès. Les coureurs des sables s'embusquent parfois dans les ruines pour attendre le passage des caravanes afin de les piller... Ah, je crois que Hotep vient de donner l'ordre de faire halte.

— Déjà ? s'étonne Antinoüs. Le soleil est encore haut dans le ciel.

— Mais il tombe vite de l'autre côté du Nil. Les ombres de la montagne s'allongent alors démesurément et recouvrent la plaine.

Fouettant ses chevaux, Aménès rejoint les princes et les officiers. Les soldats établissent leur camp sur les hauteurs désertiques et plantent une double rangée de boucliers dans le sol pour se garantir des

fantômes de la vieille cité. Ceux-ci sont en effet plus redoutables à leurs yeux que les bandes de nomades.

Dans la tente royale, Meret vient d'aider Cléopâtre

à retirer sa cuirasse de lin ornée de bandelettes d'or et d'argent, tenue de guerre que la souveraine tient à porter devant son armée.

— Va chercher Hotep et les cinq hommes de mon escorte ! ordonne-t-elle au garde piqué à l'entrée. Et toi, Meret, prépare-moi un dîner léger pour ce soir. Cailles, canes et outardes farcies au miel et au raisin feront l'affaire comme amuse-bouche. Après quoi tu présenteras des oies rôties et des antilopes en sauce, accompagnées de gelée de figues. N'oublie pas les fruits et les gâteaux ! Sers les généraux et les princes en attendant mon retour !... Ah, une dernière chose : ta fille et toi savez-vous jouer d'un instrument, chanter et danser ?

Hotep se présente devant la tente, retirant sa réponse à la servante.

— Je veux visiter les ruines d'Akhetaton, la cité des sables, annonce Cléopâtre.

— Cela peut s'avérer dangereux, ô ma reine, avertit l'officier.

— Voilà pourquoi je m'encombre de mon escorte. Certains d'entre vous ont-ils déjà conduit un attelage ? lance-t-elle aux cinq gaillards qui arrivent en courant.

— J'ai mené un bœuf au marché, affirme Antar, omettant de préciser qu'il venait le vendre après l'avoir volé. Et le Chauve…

— C'est bon, coupe la reine. Répartissez-vous sur deux chars et suivez-nous !

L'instant d'après, trois chars quittent le camp en direction de la montagne, l'un filant en tête, les deux autres bringuebalant dangereusement derrière lui.

Suivie des garçons, Cléo pénètre alors dans la tente royale pour venir aux nouvelles.

— Comment ? s'écrie-t-elle après que sa mère l'a mise au courant, Cléopâtre est partie avec les cinq fripouilles ?

— S'ils ont vraiment changé de camp, ils vont la faire disparaître en prétextant avoir été attaqués par des coureurs des sables, suppose Antinoüs.

— Il faut voler à son secours ! décrète Iméni. Lancer les princes à leurs trousses !

— Les princes ? Certains ne lèveront pas le petit

doigt pour la sauver, rappelle la fillette. Et puis il y a le traître... !

— Courons prévenir Aménès ! conseille Antinoüs. Lui nous aidera.

Les trois chars cahotent sur un terrain pierreux bordé par des pans de murs écroulés. Des colonnes effondrées et un demi-pylône indiquent l'emplacement d'un grand temple dont il ne subsiste que des monticules de pierres et de terre. Plus loin, quelques rangées de briques sont les seuls vestiges des habitations, des jardins et des bassins.

— Le palais de Néfertiti* était au nord, dit la reine. Je veux aller m'y recueillir.

Le soir déplace des ombres, les parois de la montagne s'animent de silhouettes étranges, révélant des statues de Pharaon taillées dans le roc et ayant servi de stèles pour délimiter l'ancienne ville. Hotep lance ses chevaux au galop sur une large bande de terre battue, sans doute l'avenue reliant le palais au temple et au reste de la cité.

— Excite tes bêtes ! jette le Tordu au Chauve. Ils

* L'épouse d'Akhenaton.

vont nous distancer. L'occasion est trop belle pour nous débarrasser de ces deux-là en même temps.

— Si je vais… plus vite… je vais nous flanquer… par terre! hoquette le Chauve qui craint de dépasser le trot.

Antar ne prend guère plus de risques, et lorsque

la bande rejoint enfin le char de Hotep, Cléopâtre a déjà mis pied à terre et elle erre au milieu des pierres en tâchant d'imaginer les portiques, les galeries et les salles du palais.

— N'allez pas plus loin ! ordonne Hotep aux cinq lascars qui descendent de leurs chars. La reine désire rester seule.

Sur un signe de leur chef, les brigands entourent l'officier puis, d'un même élan, ils se ruent sur lui. Surpris, Hotep n'a pas le temps de dégainer son

harpê. Il est ceinturé, désarmé, jeté à terre, roué de coups, assommé et laissé pour mort.

— Au tour de Cléopâtre ! claironne Antar. Quand nous lui aurons réglé son compte, nous piétinerons les alentours et nous nous cabosserons un peu le visage pour simuler une attaque de Bédouins.

— Il ne nous restera plus qu'à accompagner notre prince à Alexandrie pour percevoir notre récompense, se réjouit Dents-Cassées.

— Alexandrie est une ville très riche, ricane le Tordu. Je sens que nous y réaliserons d'excellentes affaires.

— Faut d'abord éliminer la Pharaonne, signale le Balafré. Nous rêverons plus tard. Elle nous a vus tuer Hotep. Elle se sauve.

— Où veux-tu qu'elle aille ? grince Antar. Elle est bloquée par la montagne.

Dès qu'elle a vu s'écrouler Hotep, Cléopâtre a compris que son escorte la trahissait, et que les cinq hommes allaient l'assassiner. « Folle que je suis d'avoir fait confiance à ces voleurs ! Mon unique chance est d'opérer un mouvement tournant pour rejoindre les chars. » Elle s'enfuit vers la nécropole dont l'entrée est marquée par des autels que les démolisseurs n'ont pas jugé utile de raser puis, les canailles s'étant lancées à sa poursuite, elle contourne un amas de colonnes brisées à demi enfouies dans le sable, et tente de déborder Antar et sa clique par la droite.

— Répartissez-vous en éventail ! crie le chef qui a saisi l'intention de la reine. Dents-Cassées, retourne vers les chevaux et empêche-la de s'emparer d'un char !

Les hommes se mettent à courir. Gênée par sa longue tunique, Cléopâtre ne peut gravir les monticules de gravats, ni soutenir le rythme des brigands. Rapidement rattrapée, elle est acculée contre une stèle.

— Quel est le serpent qui vous emploie ? les interroge-t-elle comme ils se referment sur elle. N'espérez rien de ma sœur Arsinoé, elle vous fera exécuter, non pour me venger, mais pour se garantir de vos coups. Un traître reste un traître en toutes circonstances.

— Ce sont des paroles de désespoir, des paroles de vaincu, rétorque Antar. Ta sœur a besoin de gens comme nous pour rester sur le trône.

— Pressons-nous ! grogne le Balafré en empoignant son couteau. Rien que son bracelet et son collier en or nous dédommageront de la perte de la bague et des maux que nous avons endurés sur les chars.

Tous sortent une arme et, le visage dur, les yeux féroces, ils s'élancent sur la jeune femme.

— Adieu ma belle ! chante le Chauve.

CHAPITRE 4

L'HOMME EN HAUT DE LA FALAISE

Antar lève son poignard et s'apprête à frapper quand des cris éclatent dans son dos.

— Attendez ! rauque-t-il. Qu'est-ce qui... ?

Les hommes suspendent leurs gestes, se retournent...

— Par Osiris, un char vient droit sur nous !

— Et là-haut, il y en a un deuxième ! s'exclame Dents-Cassées qui a rejoint ses complices.

Les regards se portent vers le sommet de la falaise. Un char est arrêté au-dessus d'eux, et son occupant semble observer la scène.

— Il y en a certainement d'autres ! s'affole le Tordu. Ils vont nous foncer dessus et nous massacrer.

Lâchant leurs armes pour courir plus vite, les cinq vauriens s'enfuient, qui vers le désert, qui vers la montagne, qui vers le Nil, les derniers cherchant même à se cacher dans un puits rempli de sable, où ils s'enlisent et périssent étouffés.

Aménès a stoppé son attelage à la hauteur des trois chars et, les enfants sur les talons, il se précipite vers la reine.

— Je vais bien, les rassure Cléopâtre. Ces chiens n'ont pas eu le temps de me percer de coups. En revanche, mon pauvre Hotep...

— Il se relève ! annonce Iméni qui jette un œil du côté des chevaux. Ces cinq crapauds ne savent même pas tuer !... Euh, heureusement, ajoute-t-il après un coup de coude d'Antinoüs.

— Vous êtes venus seuls ? s'étonne la reine.

— Oui, répond le prince. Ce sont les enfants qui...

— Alors à qui appartient le char, là-haut ?

— Je l'ignore, ô ma reine, avoue Aménès. Il retourne, il repart, il sera au camp avant nous.

— C'est sans doute le traître, celui à qui appartient cette bague, présume Cléo en exhibant le bijou.

Et de raconter comment elle l'a découvert dans l'eau.

— Ainsi, vous soupçonniez déjà la bande d'Antar, souffle Cléopâtre en examinant la bague.

— Nous n'étions pas sûrs, dit Antinoüs. Mais quand nous avons appris que vous partiez avec eux, nous avons préféré avertir le prince Aménès.

— Vous avez bien fait ! les remercie la reine. Je me demande à présent si la fuite d'eau du navire n'était pas déjà l'œuvre de ces scorpions.

Elle tend la bague à Aménès pour qu'il l'étudie à son tour, puis va rejoindre Hotep qui s'est assis dans son char le temps de recouvrer ses forces.

— Les cinq fripouilles se sont sauvées, se désole Iméni. Mais je ne crois pas que nous les reverrons.

— Je ne crois pas non plus, confirme le prince. J'ai entendu le cri de deux d'entre eux au fond d'un puits. Quant aux trois autres, ils n'iront pas bien loin : des lions hantent ces montagnes, des cobras pullulent dans le désert, et les crocodiles du Nil se chargent des nageurs imprudents.

— Vous ne me rendez pas la bague ? piaille Cléo, surprise de le voir ranger le bijou dans une poche de sa ceinture.

— Pas avant de savoir à qui elle appartient. Je vais mener une enquête discrète auprès de...

— Pas la peine, intervient Iméni. Il suffit de demander à Meret lequel, parmi les princes, n'a pas assisté au repas de ce soir, et nous saurons qui se tenait là-haut. Vous pouvez rendre la bague à Cléo à présent, elle ne nous servira plus à rien.

Aménès complimente Iméni d'un sourire et d'une mimique de félicitations, mais c'est le visage rayonnant de la fillette qui va droit au cœur du petit Égyptien. Cléo ouvre la main, le bijou tombe dans sa paume.

— Les idées de génie sont parfois les plus simples, souligne Antinoüs en tapotant l'épaule de son ami.

— Et pour ce qui est d'être simple, Iméni s'y entend, achève la gamine.

Peu après, de retour au camp, la reine envoie Cléo quérir sa mère pendant qu'Aménès réunit une dizaine d'hommes et que Hotep fait soigner ses blessures.

— Qui n'était pas présent au repas ? répète Meret

une fois dans la tente de Cléopâtre. Le prince Aménès…

— Évidemment, puisqu'il était avec nous ! soupire la fillette.

— Tous les autres étaient là, certifie la servante.

— Réfléchis bien, lui recommande la reine. Tu les connais, ces nobles, tu les as vus souvent chez le gouverneur, à Thèbes. Est-ce qu'il manquait un visage, un éclat de voix, une silhouette familière ?

Meret fait une moue.

— Non, je… Ah si, l'un d'eux est arrivé en retard. Très en retard même, puisqu'il vous a précédés de peu.

— Son nom !

La question a claqué tel un coup de fouet, arrachant un sursaut à Meret.

— C'est Kharou, le gros prince Kharou…

Cléopâtre sort de la tente. Ses ordres volent. Aménès a fait entourer la grande tente des princes par un cordon de soldats, et il attend la reine pour y pénétrer avec elle.

À l'intérieur, l'ambiance est à la fête.

En l'absence de leur souveraine, les princes ont oublié les soucis de la guerre, et ils font bonne chère tandis que leurs régiments se contentent de lentilles, d'oignons crus et de fromages secs. C'est tout juste s'ils voient la tenture se soulever et Cléopâtre entrer en trombe.

— Toi ! lance-t-elle à Kharou en le pointant du

doigt, pourquoi t'es-tu rendu dans la cité des sables ?

— Moi ? lâche le prince en roulant des yeux éberlués, mais je...

— Je sais que c'est toi ! crache la reine. Tu es venu assister à la triste besogne dont tu avais chargé tes sbires. Tu voulais être sûr qu'ils m'assassineraient bien. Misérable ver de terre !

Les accusations de Cléopâtre provoquent un silence de pierre.

— C'est faux ! se défend Kharou. Je... je suis allé sur la montagne pour jouir du spectacle du soleil couchant sur la vieille cité.

— Menteur ! Fourbe ! Langue de serpent ! Cesse de me débiter des sornettes ! Tu as tout vu du haut de la falaise : l'agression de Hotep, et les cinq traîtres me poursuivant. As-tu fait un seul geste pour me venir en aide ?

— J'étais trop loin, bafouille Kharou, je ne pouvais pas intervenir. Et puis j'ai aperçu un char volant à ton secours, alors...

— Tu voulais ma mort, sac à purin ! s'empourpre

la reine. Je sais que vous êtes plusieurs ici à me soutenir du bout des doigts et à espérer que je n'atteindrai jamais Alexandrie, mais…

— C'est vrai que nous sommes un certain nombre à penser qu'en te réinstallant sur ton trône, nous livrons l'Égypte aux Romains, reconnaît le gros prince. Et si tu disparaissais, nous ne pleurerions pas ta mort. Mais de là à te planter nous-mêmes un poignard dans le cœur… !

— Je vais te faire maigrir en te découpant la peau lamelle par lamelle, promet Cléopâtre. Après quoi je t'offrirai en fricassée aux crocodiles. Et ton châtiment servira d'exemple à tous ceux qui avaient en tête de se mettre en travers de mon chemin, termine-t-elle en parcourant la tablée d'un regard menaçant. Aménès, appelle les gardes !

Les yeux fous, Kharou quête une aide, une parole d'appui auprès des autres princes, mais même l'ami assis à côté de lui reste de marbre. Alors, se sachant perdu, il saisit un couteau et, renversant son tabouret, il bondit vers la toile, derrière lui, la fend de haut en bas et se rue au-dehors.

Il bouscule un soldat puis court vers l'enclos des chevaux.

— Arrêtez-le, bande d'incapables! rugit la reine en écartant les pans à son tour.

Une flèche siffle. Kharou s'écroule.

— Et voilà, c'est fini, souffle Cléo. Le serpent ne mordra plus, et nous sommes débarrassés de la bande d'Antar.

Les enfants sont debout devant la tente de Cléopâtre, attendant son retour.

— Oui, soupire Antinoüs. Maintenant, nous avons une grande voie tranquille pour nous mener jusqu'à la guerre.

— Jusqu'à nos parents, rectifie Iméni. La reine est convaincue que sa sœur déposera les armes sans combattre.

— Hum, rumine la fillette, ça, c'est encore à voir. Si Arsinoé a le même caractère que Cléopâtre, elle préférera réduire Alexandrie en cendres plutôt que de céder la ville à sa sœur. Vos parents ressembleront alors à des pâtés en croûte trop cuits.

— À propos de pâtés, j'aimerais que la reine nous

invite à sa table, enchaîne Iméni que le pessimisme de ses amis n'atteint pas. Nous l'avons bien mérité, non ?

— Mouais, grommelle Cléo. Mais n'espère pas me voir danser devant toi. Même pour une couronne en or !

CHAPITRE 5

DANS LES MURS D'ALEXANDRIE

Des jours ont encore passé, remplis du martèlement sans fin d'une armée en marche.

Et puis, une fin d'après-midi, à Alexandrie, alors qu'Arsinoé trempe dans un bain de pétales de rose…

— Pourquoi tous ces cris ? demande-t-elle, inquiète, à l'une de ses servantes. Que se passe-t-il en ville ?

La jeune fille va se pencher à la baie.

— Je ne vois rien, déclare-t-elle. Le port est calme, mais il semble qu'un torrent de hurlements coule dans les rues.

— Qu'attends-tu pour courir aux nouvelles, caille sans cervelle ? Et toi, sotte à boutons, cesse donc de me verser de l'eau sur la tête ! se fâche Arsinoé.

La caille sans cervelle se précipite hors de la pièce, mais elle se heurte presque aussitôt au général Achillas qui remonte la galerie à longues enjambées. Il entre à grande volée dans les appartements d'Arsinoé et se plante devant la jeune femme alors qu'elle est encore debout dans son bain, tout juste drapée dans une serviette de lin.

— Qui te permet ? commence-t-elle, rouge d'indignation.

— Des paysans affluent en masse, annonce Achillas. Et ils soulèvent un vent de panique en ville.

— Qu'est-ce qu'il leur prend ? La crue du Nil a jeté des hippopotames et des crocodiles dans leur lit ?

— Pas des bestioles, corrige l'homme. Mais l'armée de Cléopâtre !

— Tu divagues, réplique Arsinoé en présentant son pied à la sotte aux boutons pour qu'elle le sèche. Cléopâtre n'a pas d'armée. La seule aide dont elle dispose est la légion de Marc Antoine, or mes régiments l'ont bloquée à l'est du delta.

— Nous coupant du même coup de nos alliés palestiniens et parthes, fait remarquer le général, amer. Mes espions m'apprennent que les princes de Thèbes accompagnent ta sœur, c'est donc toute l'armée du Sud qu'elle a réussi à lever contre toi.

— Comment ? s'étrangle la jeune femme, comprenant enfin le danger. Tes espions t'avertissent seulement maintenant ? Mais à quoi servent-ils, par Anubis ?

— Je n'ai jamais imaginé que des contingents entiers puissent descendre vers le nord en pataugeant dans les eaux du fleuve, aussi n'ai-je pas disposé mes espions le long de son cours. Je ne pensais pas qu'avec la crue... et puis je croyais Cléopâtre avec Marc Antoine.

— Âne bâté ! Crâne de limace ! Bave de crapaud ! Mais à quoi me sers-tu si tu ne penses pas ?

Arsinoé lance la serviette à la tête de sa servante.

— Ma tenue de guerre ! Mon casque ! Mes sandales ! Vite ! Et toi, bats le rappel des garnisons que j'ai conservées à Alexandrie ! jette-t-elle à Achillas. Elles suffiront peut-être à contenir l'ennemi.

Il ne faut pas longtemps à Arsinoé pour se retrouver sur son char, dans la cour du palais, corsetée de cuir, casquée et chaussée. Secoués par Achillas, des officiers courent vers les casernes, vers les entrepôts d'armes, vers les dépôts de chars. L'effervescence est telle que des femmes et des enfants poussent des cris d'affolement à tout venant, et abandonnent leur cruche d'eau, leur panier à linge ou leur métier à tisser pour se mettre à fuir dans tous les sens.

— J'ai l'impression de traverser une basse-cour dans laquelle on aurait lâché un renard, dit Arsinoé à Achillas monté à côté d'elle pour conduire son attelage.

Sitôt franchi les portes du palais, le char est stoppé par la cohue de la rue.

— Écartez-vous ! s'égosille Achillas en faisant claquer son fouet.

La multitude se rejette en arrière, se fend en deux pour les laisser passer. Lorsqu'ils atteignent enfin la porte Canopique, à l'est de la ville, les trompettes d'alerte retentissent de tous côtés, appelant les soldats aux remparts. Achillas et Arsinoé grimpent sur le chemin de ronde et se campent derrière un créneau. D'abord ils ne voient rien, se demandant si une fausse rumeur n'est pas à l'origine de la panique. Puis, au soleil descendant, ils distinguent des scintillements au loin, provoqués par les rayons obliques.

C'est une forêt d'or qui monte à l'horizon, grandit, se précise, devient un rutilement d'armes et de chars, une marée lente dont la force tranquille accentue la puissance.

La main d'Arsinoé se crispe sur le bras d'Achillas.

Le général la regarde et la trouve affreusement pâle.

— Cléopâtre va établir le siège de la ville, souffle la jeune femme.

— Je ne crois pas. Elle ne possède aucun navire, et n'a donc aucun moyen pour bloquer le port. Elle va lancer assaut sur assaut pour briser nos défenses, et la bataille se poursuivra dans les rues. Nous ferions bien d'expulser tous les paysans qui viennent de se réfugier ici, car ils vont gêner le mouvement de nos troupes.

— Au contraire, réfute Arsinoé, leur présence nous est bénéfique. Ils vont servir d'écran entre les deux armées. Si ma sœur les écrase pour nous atteindre, elle va dresser toute la population contre elle. Dès lors, plus personne ne voudra d'elle pour Pharaonne. Il faut envoyer un messager à nos régiments qui bloquent Marc Antoine. Qu'ils reviennent en toute hâte pour frapper Cléopâtre dans le dos !

— Et les Romains accourront sur leurs talons. Ce n'est pas une bonne idée. Les légionnaires ont subi un entraînement militaire qui fait cruellement défaut à nos soldats. En cas d'affrontement, je crains que la victoire ne soit acquise à Marc Antoine. Il serait plus judicieux de préparer un vaisseau si nous devons fuir.

— Jamais ! tonne Arsinoé. Je suis fille de Pharaon, tout comme ma sœur, et on ne fuit pas dans ma famille ! Je combattrai sur les murailles avec les soldats, et…

« C'est ça, pense Achillas. Étripez-vous donc, filles stupides ! Si ça tourne mal, je saurai bien ce que j'ai à faire. »

CHAPITRE 6

LES PORTES DE L'AUBE

La nuit est tombée, mais elle ne se referme pas sur la ville. Des feux brûlent devant les fortifications et le long du canal qui longe le lac Maréotis. Et là-bas, sur la mer, le phare d'Alexandrie ressemble à un gros œil de feu.

Cléopâtre a réuni les princes et les officiers sous sa tente, et elle écoute les avis des uns et des autres.

— Il faut attaquer dès l'aube, soutient Aménès, soulevant les protestations de ceux qui, peu enclins à l'action, préconisent un long siège.

— Arsinoé ne s'est pas rendue à la seule vue de nos forces, constate Hotep. Il faut donc enfoncer ses défenses et nous emparer de la ville.

— Des innocents vont payer de leur vie, murmure la reine. C'est ce que je voulais éviter.

— Nous sommes en guerre, rappelle un prince. Nous n'avons pas d'autre solution que l'assaut pour nous introduire dans…

— Si, il y en a une autre, déclare Cléopâtre. Ici même !

Et de poser son doigt sur un point précis du plan étalé devant elle, là où un bras du canal passe sous la muraille pour ressortir dans la ville.

— Le passage est fermé par une grille, se souvient Hotep. Aucun homme ne peut se glisser entre les barreaux.

— Aucun homme peut-être, admet Cléopâtre. Mais des enfants… ?

Peu après, devant tout l'état-major et la reine, Cléo, Antinoüs et Iméni font le serment de réussir leur mission.

— Vous avez tout compris ? demande Hotep.

— Oui, répond le jeune Grec. Nous pénétrons par le canal, nous nous rendons chez nos parents et nous réclamons leur aide pour vous ouvrir les portes de la ville juste avant l'aube.

— Ça paraît facile, souligne Iméni. Toute l'armée pourrait même passer derrière nous si on sciait les barreaux.

— Bien sûr, avec tes dents, rumine Cléo.

— Meret aimerait que tu laisses partir seuls les garçons, dit Cléopâtre à la fillette. Elle craint que tu prennes un mauvais coup.

— J'accompagne mes amis, décrète Cléo. Ce n'est pas maintenant que je vais leur abandonner tout le mérite de l'aventure. Et puis si je ne suis pas là pour surveiller Iméni, qui sait ce que vous trouverez en entrant dans Alexandrie ?... Nous avons laissé Fenk à ma mère. Qu'elle fasse bien attention à lui !

— Employer des gosses pour emporter une guerre, pff ! soupire un prince. Que sont devenues nos valeurs guerrières ?

— Ces trois-là ont accompli plus d'exploits que tu ne pourrais en raconter au cours de deux semaines de veillée, lui fait remarquer Hotep. Alors retiens la langue !

L'officier mène ensuite les enfants au canal, puis

il les regarde disparaître sous l'eau en priant Osiris de les protéger.

En quelques brasses et plusieurs aspirations, Antinoüs, Cléo et Iméni atteignent le pied de la muraille. Ils gonflent à nouveau leurs poumons, plongent et s'approchent de la grille qui barre le passage. Cléo se faufile entre deux barreaux et remonte à la surface, de l'autre côté de l'enceinte. Antinoüs l'imite et émerge à ses côtés. Ils attendent Iméni, mais celui-ci tarde à les rejoindre.

— Qu'est-ce qu'il fabrique? s'inquiète le jeune Grec. Je l'ai pourtant vu s'engager derrière moi.

Ils se laissent couler pour retourner vers leur ami, et le découvrent en train de se contorsionner entre les barreaux. Cléo fait comprendre par signes à Antinoüs qu'Iméni est trop gros, et qu'il faut le repousser. Ils appuient sur sa tête et sur ses épaules, mais ne réussissent pas à le décoincer. Ils l'attrapent alors chacun par un bras et le tirent à eux, mais sans plus de résultat. « Il va se noyer! » s'effraie la fillette. Les joues gonflées, Iméni expire un filet de bulles. « Il se vide de son air, s'affole

Antinoüs. Dans quelques secondes il sera trop tard pour le sauver. »

La tête bourdonnante, le petit Égyptien lance un regard désespéré à ses amis qui s'acharnent à le dégager. Il bat des jambes, mais ses gestes sont lourds, l'engourdissement gagnant sur la panique. « C'est fini, se dit-il, refusant de lutter, c'est f… » Quelque chose frôle soudain ses jambes, réveillant brusquement sa peur. Une douleur à la fesse. On vient de le mordre ! « Un crocodile ! » Du coup, l'instinct de survie remonte en lui, lié à la terreur. D'un seul mouvement, il s'arrache à l'étau des barreaux et jaillit en surface, la bouche grande ouverte pour happer l'air. La tête du fennec apparaît au même instant, puis celles de Cléo et d'Antinoüs qui aspirent aussitôt à pleins poumons. La respiration chuintante, Iméni hoquette :

— Sans… Fenk… j'étais mort. J'ai cru que c'était… un crocro… un cocro… dile.

— Une chance qu'il ait échappé à Meret pour nous suivre, souffle Antinoüs.

— Nous sommes contents de te revoir vivant, confie la fillette. Mais la preuve est faite que tu dois maigrir. Finies les cailles farcies à… !

— Hé, là-bas ! aboie une voix, leur tirant un frisson. Qu'est-ce que vous fichez dans l'eau ?

— Nous sommes repérés, chuchote Antinoüs.

Nous avons échoué. Ils vont nous exécuter en tant qu'espions.

Cléo prend son ton le plus enjoué pour déclarer :

— Ce que nous faisons dans l'eau ? Mais nous lavons notre fennec ! Cette bête est pleine de puces, et elle refuse de se mettre à l'eau si nous ne sautons pas avec elle.

— Je ne vous ai pas entendus plonger.

— C'est parce que vous deviez dormir à moitié au lieu de…

Un coup de pied sous l'eau force Iméni à se taire.

— Sortez de là ! ordonne l'homme.

Il les tient un moment sous son regard, perplexe, se demandant si ces trois gosses ruisselants et grelottants ne se moquent pas de lui.

— Qui sont vos parents, et où habitent-ils ?

Les deux garçons donnent l'identité et l'adresse de leur famille, mais Cléo reste muette.

— Et toi ? grogne le soldat.

— C'est ma sœur, indique le petit Égyptien.

— C'est bon, rentrez chez vous ! Ce n'est pas une heure pour se baigner.

Les gamins ne se font pas prier. Et quand Iméni et Antinoüs frappent à la porte de leur maison respective, les parents restent interloqués sur le seuil.

— Toi ?... Mais ?... Comment ?...

Les garçons sautent dans les bras de leur mère, puis de leur père. Ils se serrent longtemps contre eux, leur assurant qu'ils sont en bonne santé et qu'ils ont une foule de choses à leur raconter, mais...

— Nous avons une dernière mission à remplir, intervient Cléo qui a suivi Iméni. Nous devons ouvrir les portes de la ville à Cléopâtre. Après quoi vous pourrez donner libre cours à votre joie.

Bien que reconnaissant Cléopâtre comme leur légitime souveraine, les parents tentent de dissuader les enfants d'agir, énumérant les dangers et leur recommandant de laisser la guerre aux adultes.

— Si l'armée de la reine investit Alexandrie, insiste la gamine, elle concentrera son attaque sur le palais, et les maisons seront épargnées.

L'argument fait réfléchir.

— Pourquoi Cléopâtre ne veut-elle entrer qu'au matin ? questionne le père d'Iméni.

— L'armée du Sud ne connaît pas la ville, explique le garçon. Alors progresser dans la nuit... éviter de confondre une maison avec un poste de garde...

— Je comprends. Mais vous n'irez pas seuls. Je viendrai avec vous, et j'espère que le papa d'Antinoüs aura la même réaction.

Dans une rue commerçante du quartier grec, une scène identique se déroule chez Antinoüs ; et c'est ainsi que peu avant l'aube, un instant avant que les premières lueurs ne blanchissent les toits d'Alexandrie, les chefs des deux familles et leurs enfants se retrouvent à l'angle d'une rue, tout près de la porte Canopique.

— Deux gardes surveillent l'entrée, prévient Iméni. Comment les faire partir ?

Éclairés par des torches fichées dans le sol, deux factionnaires sont assis, le dos appuyé contre les énormes battants.

— Si nous risquons un pas en avant, ils vont nous apercevoir, chuchote son père.

— Et nos bâtons ne pèseront pas lourd face à leurs armes, ajoute celui d'Antinoüs.

— J'ai une idée, annonce tout à coup la fillette.

Sans prendre le temps d'expliquer ce qu'elle a en tête, Cléo attrape Fenk, lui fourre la bague du serpent dans la gueule…

— Va l'apporter aux hommes, là-bas ! Ils te donneront un os. Va ! ordonne-t-elle au fennec.

L'animal trottine vers les gardes, s'arrête devant eux, dépose le bijou et se met à glapir pour obtenir son dû.

— Déguerpis, toi ! gronde l'un d'eux. Tu vas réveiller…

— Hé ! fait l'autre en lui serrant le bras. Regarde ce que la bestiole avait dans la gueule !

Au feu des torches, la bague luit de tout son or. D'un même mouvement, les deux hommes plongent sur elle, mais leur main se referme sur le vide. Vif comme l'éclair, Fenk a saisi la bague entre ses dents et, comprenant qu'il ne recevra nulle récompense, il retourne vers les enfants.

Les gardes se ruent à ses trousses, torche et lance à la main.

— Ils arrivent, annonce Antinoüs.

Les pères lèvent leur gourdin. Les sentinelles accourent, sûres de stopper la fuite du renard des sables d'un bon coup de javelot. Ce sont elles qui prennent le coup. Bien fort. Bien ajusté. De quoi les étendre pour le compte.

— Vite! dit le père d'Iméni. La nuit pâlit. Le jour commence à ouvrir son œil.

Ils bondissent vers la porte, soulèvent les traverses qui la barrent, s'accrochent aux battants et les tirent de toutes leurs forces. La porte Canopique s'ouvre en grand. Un flot de soldats s'engouffre immédiatement dans la ville, suivi par le grondement des chars.

Aux premiers cris, aux premiers hurlements de panique, aux premiers bruits de combat dans les rues, Arsinoé comprend que l'armée de sa sœur vient de percer les défenses d'Alexandrie.

— Achillas ! appelle-t-elle. Il faut regrouper nos régiments autour du palais !

Point de réponse. Furieuse, elle se penche à une baie pour héler un soldat, mais les mots restent tassés au fond de sa bouche. La mer n'est plus d'eau, mais de voiles. Une flotte innombrable vient de surgir avec les feux de l'aurore, multipliant à l'infini les aigles romaines.

— Cé…César ! balbutie la jeune femme. Je… je suis perdue.

À la vue des galères cinglant vers le port, les soldats d'Arsinoé comprennent qu'ils sont pris en tenailles. Malgré les ordres de leurs officiers qui les exhortent à résister, les hommes lâchent leurs armes et se rendent en masse.

Dans les rangs de Cléopâtre, les princes qui ne montraient que peu d'entrain à lui obéir, se surpassent à présent et se bousculent pour être les premiers

à pénétrer dans le palais afin de capturer l'usurpatrice. Arsinoé les attend devant le trône, casquée, armée, livide et aussi raide qu'une statue. La meute la renverse, l'agrippe, l'emporte et la jette aux pieds de Cléopâtre.

— On ne s'empare pas du trône d'Égypte comme d'un jouet, petite sœur, la sermonne la reine. Tu l'apprendras à tes dépens. Je vais t'envoyer loin d'Alexandrie. À tout jamais ! Dans les geôles de Rome !... Où se cache Achillas ?

— Que Seth lui dévore le foie ! crache Arsinoé. Ce lâche a disparu dès les premiers tintements de glaive.

Achillas ? À peine a-t-il appris que l'armée de Cléopâtre déferlait dans les rues de la ville, et que les vaisseaux de César bloquaient le port, qu'il a troqué sa tenue de général et ses armes contre un pagne de lin grossier et des sacs de lentilles. Puis il s'est rendu dans la salle du trésor, a rempli les sacs de bijoux, de pierres précieuses et de petites statuettes en or, et il est ressorti en ployant sous la charge. À présent, il rase les murs du palais, les sacs sur les épaules, en prenant soin de ne pas se faire reconnaître par les gardes et les serviteurs qui courent partout, ne sachant plus à qui obéir. « Je vais me cacher dans un trou en attendant que... » Il pile net devant le prince Aménès surgi à l'angle d'une galerie. Pivote sur les talons pour changer de direction. Dans sa hâte, un des sacs heurte une colonne et rend un son métallique.

— Hé ! l'apostrophe le prince. Que transportes-tu là ?

Achillas commence à s'enfuir, les objets tintinnabulant sur ses épaules.

— Un pillard, hein ?

Aménès dégaine sa dague et la projette sur le fuyard. L'homme s'effondre ; les sacs s'ouvrent, répandant leur contenu dans une flaque de sang...

On ne reconnaîtra le général Achillas qu'un peu plus tard, une fois les richesses rapportées dans la salle du trésor. Empoigné, soigné, il sera jeté en prison.

CHAPITRE 7

LE VASE
ET LE SERPENT

Cléopâtre tortille sur son trône, comme pour s'incruster en lui. César est debout à sa droite, Aménès à sa gauche. Devant eux se trouvent les princes de Thèbes, et à côté d'eux, les enfants du Nil et leurs parents.

— La victoire est totale, annonce la reine. Il ne nous aura fallu que le temps de traverser une partie de la ville pour que je récupère mon trône.

Du coin de l'œil, elle note un froncement de sourcils chez César.

— Le mérite en revient aussi à la flotte romaine, ajoute-t-elle avec un sourire à l'adresse de l'imperator. Une arrivée providentielle mais totalement inattendue.

— J'ai trouvé que Marc Antoine mettait bien du

temps à rentrer à Rome, explique celui-ci. J'ai voulu me rendre compte par moi-même de ce qui se passait à Alexandrie.

— Et lorsque César se déplace, ce n'est pas dans une bachole, souligne Iméni, s'attirant tous les regards.

— Je vais envoyer un messager à l'armée qui fait face à Marc Antoine, à l'est du delta, poursuit Cléopâtre, et lui ordonner de revenir à Alexandrie. Dès lors, tu pourras disposer de ta légion, divin Jules, et retrouver ton second.

Elle frappe ensuite dans ses mains, appelant serviteurs et servantes dans la salle.

— Les choses vont reprendre leur cours, lance-t-elle bien haut, et pour commencer je veux une fête superbe, à laquelle je convie…

Cléo n'écoute plus. Le regard de Dame Tari s'est posé sur elle, et un pli de sourire entaille son visage. « Les choses vont reprendre leur cours… songe la fillette. Ça signifie que je vais devoir recommencer mes dictées de hiéroglyphes avec cette harpie ? »

*   *   *

Le prince Aménès se détend dans son bain. Meret s'active autour de lui, versant du parfum et de l'eau chaude dans le bassin. Pour échapper aux leçons de Dame Tari, Cléo est venue aider sa mère, et elle plie et range des serviettes dans les niches pratiquées dans un mur.

— Après le palais du gouverneur, te voilà dans le palais de la reine, dit Aménès à Meret. Tu as su faire ton chemin mieux qu'une intrigante.

— Ce sont les circonstances de la vie, ô mon prince. Je ne dois ma place qu'à mon travail.

— Et à ta fille ! corrige l'homme. Quelle promotion pour cette gamine vendue à une maison de la bière, et se retrouvant au nombre des amies de Cléopâtre !

— J'ai toujours déclaré que j'étais une princesse ! répond Cléo en tournant sur elle-même pour se faire admirer.

Mais le sourire a disparu des lèvres de Meret. « Comment sait-il que Cléo servait dans une taverne ? Seul le maître d'Ini le bossu était au courant. »*

* Voir *Gare aux crocodiles !*

À ce moment Aménès lève une jambe pour la savonner, et la servante distingue nettement une vipère tatouée sous la plante de son pied. « Le signe du serpent ! sursaute Meret. Le même que celui de la bague ! »

— C'est vous ! ne peut-elle s'empêcher de s'écrier. C'est vous le traître, et non Kharou !

La stupéfaction fige le prince et Cléo. Mais l'homme réagit vite. Il s'empare d'une serviette pliée sur la margelle, jaillit du bassin et, tout en nouant la bande de tissu autour de ses reins, il se précipite sur Meret qui fuit vers la porte, hurlant :

— Sauve-toi, Cléo, sauve-toi !

Aménès la rattrape, l'empoigne par les cheveux et bloque la course de la fillette en la fauchant du bras. Pour les empêcher d'appeler à l'aide, il les entraîne dans le bassin et leur plonge la tête sous l'eau.

— Je pourrais vous noyer, grince-t-il en les relevant, mais ma vengeance serait incomplète. Tu m'as désobéi en refusant d'empoisonner la reine, à Thèbes, aussi vais-je te faire souffrir. Une souffrance qui n'a d'égal que l'amour que tu portes à ta fille. Je vais disparaître avec elle. Si tu parles, je la tue. Je ferai d'elle mon esclave. En la gardant vivante, je me garantis ton silence. Il me plaît de t'imaginer vivre avec une douleur aussi intense que si je t'avais planté un poignard dans le cœur.

— Je... je ne comprends pas, bredouille Cléo comme elles ressortent du bassin, le cou serré entre les mains puissantes d'Aménès. Vous avez sauvé Cléopâtre par deux fois, et...

— Parce que je ne pouvais pas agir autrement, répond l'homme. Un autre s'apprêtait à sauter dans la bachole à ma place, sur le Nil ; et si Kharou n'était pas apparu, plus tard, au sommet de la falaise, me surveillant de là-haut, j'aurais laissé Antar accomplir sa besogne et me serais débarrassé de toi et de tes amis par la même occasion. En faisant mine de prendre le parti de Cléopâtre, j'égarais les soupçons. Après sa victoire sur Arsinoé, j'espérais que la reine ferait de moi son homme de confiance, mais César est revenu.

Il repousse violemment Meret, passe une calasiris* autour de ses épaules sans lâcher la petite, puis il sort

* Sorte de manteau en voile très léger.

de la pièce en serrant fortement le bras de Cléo et se dirige vers une terrasse qui ouvre sur le jardin.

Appuyés sur le rebord d'une baie qui surplombe la terrasse, Antinoüs et Iméni contemplent le port qui fourmille de voiles.

— Nous sommes partis d'ici, rappelle le jeune Grec, la voix teintée d'une légère mélancolie.

— Et nous sommes revenus par la direction opposée. Pour un peu, je dirais que la Terre est ronde, déduit le petit Égyptien. Tiens, c'est la voix d'Aménès que j'entends, là-dessous !

Il se penche pour regarder.

— Attention au vase ! prévient Antinoüs.

Trop tard ! Heurté par l'épaule du garçon, le vase bascule… et éclate sur le crâne d'Aménès, l'assommant net.

— Malheureux ! s'écrie Antinoüs. Tu es bon pour la fosse aux crocodiles !

Pourtant, c'est à un tout autre châtiment qu'a droit Iméni. Félicité pour sa maladresse devant toute la cour, l'enfant reçoit une mouche d'or de la part de la Pharaonne, des gâteaux en surnombre spécialement confectionnés par Meret et, comble de bonheur, une bise de Cléo.

— Je crois que je vais m'envoler tellement je suis heureux, souffle Iméni, radieux.

— Cela m'étonnerait ! Pour ça, il faudrait que tu perdes ta brioche, le contredit Cléo en lui donnant une petite tape sur le ventre.

Trois nuits suivantes, deux silhouettes patientent au pied du mur qui ceinture le palais royal. Bientôt une troisième apparaît, qui se laisse tomber du haut du mur dans une charrette de foin.

— Bien visé, fait Iméni. Mais ce sera plus difficile pour remonter.

Cléo balaie la remarque d'un « bah ! », puis elle se met à courir avec ses amis vers le port, Fenk sur les talons.

— J'ai l'impression que c'était hier que tout a commencé, dit Antinoüs.

— Ce n'est pas près de finir, assure la gamine. Nous avons tous retrouvé nos parents, c'est bien, mais je suis lasse de devoir supporter Dame Tari et ses dictées. Mes doigts sont tout tachés d'encre.

— Les miens sont poisseux à force de les plonger dans les olives, se plaint le jeune Grec.

— Et les miens mordus par les éclats de pierre chaque fois que je manie le ciseau et le maillet, renchérit Iméni.

Ils échangent un regard complice. Sautent dans la première barque.

— Où allons-nous ? demande Antinoüs en saisissant les rames.

— Par là, répond Cléo avec un geste vague. Il doit bien y avoir des aventures que nous n'avons pas encore vécues.

— Nos parents vont se lancer à nos trousses, fait remarquer Iméni.

— Justement, c'est ça l'aventure ! lance la fillette.

— Cléopâtre va envoyer une patrouille à notre recherche. César va lâcher une galère derrière nous. Aménès peut s'évader. Les pirates sont peut-être à une encablure du port… enchaîne Iméni.

— Gnagnagna, gnagnagna, gnagnagna, lui renvoie le ressac de la mer.

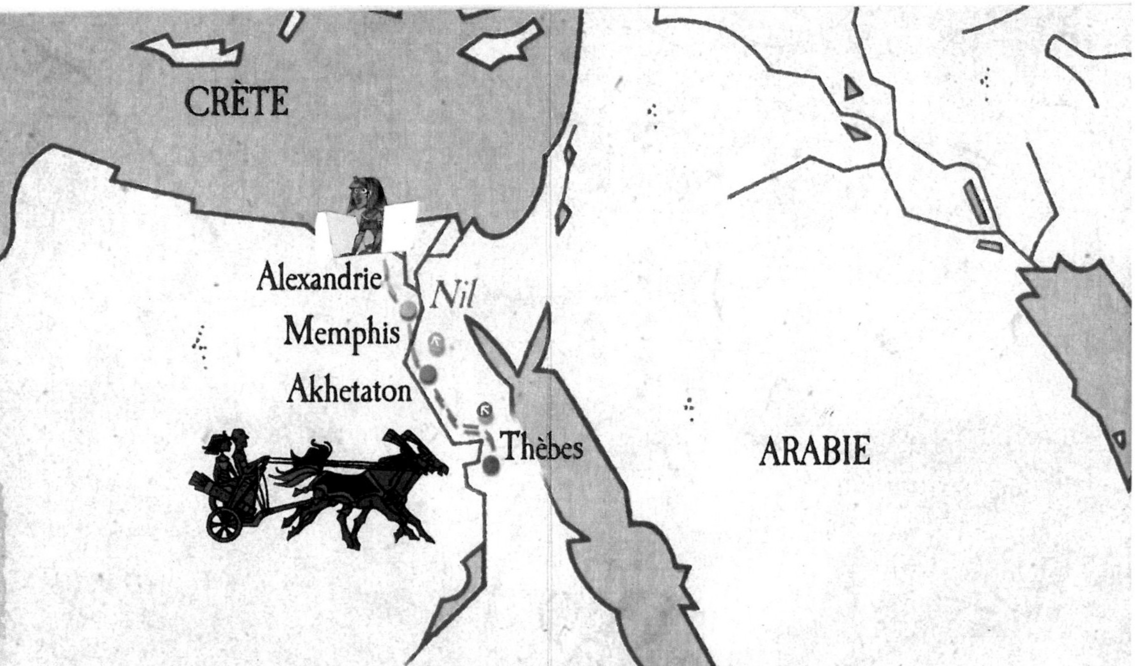

AKHETATON (L'HORIZON D'ATON) :
Située à mi-chemin entre Thèbes et Memphis, la ville a été fondée vers 1360 av. J.-C. par Akhenaton pour y célébrer le culte du dieu unique Aton, représenté par le disque solaire. Bâtie selon un plan en quadrillage, longue de 9 km sur 1 km de large, la cité comprenait un grand temple, des palais, un bureau des archives, de magnifiques jardins, de nombreuses habitations et une nécropole. Elle a été abandonnée 15 ans après sa fondation.